기다리는 집

'가버리지 않고 기다려주어 고맙습니다.
나의 집은 당신입니다.'

기다리는 집

황선미 청소년 소설

시공사

평생의 집 하나

늦잠이라곤 모르고 살았는데 남들이 출근할 때가 돼서야 눈을 떴습니다. 한 달 내내 긴장했던 일을 겨우 마치고 그 후유증을 앓은 듯했어요. 밤새 뒤척이다 일어나 보니 어지러운 짐들 속에 나는 또 하나의 짐이었습니다. 이사를 앞둔 시점이니 당연한 몰골이었지요.

단톡방에 공사 담당자가 보낸 사진이 잔뜩 들어와 있더군요. 낡은 집을 고치는 중인데 요즘은 공사업체가 공사 과정을 사진으로 보내줍니다. 인테리어 잡지

의 모던한 이미지만 상상했다가 뜯겨나간 집 안의 흉흉한 꼴을 확인하고 얼마나 경악했던지요.

반반한 디자인에 가려진 바닥이며 천장에는 골조가 있어요. 갈라진 시멘트. 위태로워 보이는 배관이며 어지러운 배선들이 숨겨져 있고요. 네모 상자나 다름없는 아파트 내부의 맨살에 얼마나 많은 기능들이 있는지요. 이런 것들이 바닥을 데우고, 불을 밝히고, 물이 나오고, 뭔가를 보관할 수 있는 집이 되게 합니다. 나는 그 과정을 스마트폰으로 확인하며 나의 집을 기다리고 있습니다.

이만큼 사는 동안 내게는 여러 번의 집이 있었습니다. 평생의 집 하나를 얻지 못해 이토록 오래 떠돌았을까요.

공사 담당자가 보내준 사진을 하나하나 살피는데 오래전, 내가 열 살도 되기 전에 평택 객사리에서 옆 동네로 이사 가던 일이 떠올랐어요.

이삿짐은 손수레로 두어 번 옮길 정도가 전부였습니다. 엄마는 일찌감치 생선 장사를 나가야 했어요. 첫차를 타기 전에 엄마는 오빠에게 이삿짐과 동생들을 부탁했지요. 보통이로 꾸려진 이삿짐을 끌고 밀면서 우리 다섯 남매가 남의 집 달방으로 짐을 옮길 때, 그 무거운 삶을 떠안고 걸음을 뗐던 오빠를 생각해보니 겨우 열한 살이었어요. 우리에게 집이 없는 벌이었어요.

어른의 삶이 무례하게 부려졌건만 불평도 못 하고 받아들였던 그 시절의 열한 살짜리도 지금과 별다르지 않은 어린애였는데 우리한테는 보호사였고 의지할 집이었더라고요. 엄마는 막차를 타고 돌아와서 낯선 집에 아무렇지도 않게 고단한 몸을 뉘고, 우리는 밥을 먹고 학교에 다녔고 머리가 영글었습니다. 스산하기 이를 데 없는 풍경이건만 여전히 그리운 기억입니다.

우리에게는 서로가 서로에게 집이었더군요. 집이 아름답다면 거기에 사는 어떤 사람들이 특별하기 때문일 거예요. 특별하다는 게 어디 좋은 일이기만 할까요. 그래도 집이 있다는 건 축복이지요.

나의 새집이 그러하기를 꿈꿔봅니다. 그리고 마음으로 부탁합니다.

엄마. 큰딸의 집에 놀러와줘.

2015년의 『기다리는 집』을 2021년으로 옮기며

황선미

차례

그 어느 곳보다 먼저 젖어들고
어둠이 스미어버리는 곳.

온갖 잡동사니로 뒤덮여 넝마 같은 집.

여기가 쓰레기더미가 아니라고 알려주는 건
지붕보다 높게 자란 감나무뿐이었습니다.

모퉁이
그늘

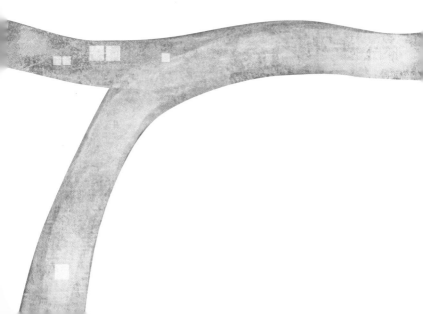

온종일 비가 내립니다. 모처럼 내리는 비는 먼지 낀 도시를 닦아주고 가로수를 싱싱하게 만들었어요. 거리가 산뜻하게 달라지고 상점 앞 식물들 역시 파릇하니 살아났지요.

단비는 작은 골목까지 골고루 적시며 집으로 가는 길을 더 분명하게 드러냈어요. 골목은 텅 비었지만 다른 날보다 일찍 불 켜진 집들은 유난히 아늑해 보였습니다. 창문의 빛은 기다려줘야 할 사람을 위해 다정하게 손을 내밀고 있는 것 같았고요. 그러나 비 때문에 더욱 초라해진 곳도 있었어요.

그 어느 곳보다 먼저 젖어들고 어둠이 스미어버리는 곳. 온갖 잡동사니로 뒤덮여 넝마 같은 집. 도대체 언제부터 쌓이게 됐는지 알 수 없는 나무판자와 종이상자들이 뒤엉켜 벽을 가리고, 플라스틱이며 병들이 켜켜이 쌓인 집은 얼핏 보면 쓰레기더미 같았습니다. 타이어가 얹힌 지붕에서는 천막이 바람에 풀썩이고 누군가 몰래 갖다버린 오물에서는 냄새가 풍겼지요. 여기가 쓰레기더미가 아니라고 알려주는 건 지붕보다 높게 자란 감나무뿐이었습니다.

버드내 길 50-7번지. 보이지 않지만 이 집에도 주소가 있습니다. 봄마다 새 이파리를 틔우고 가을에 붉어지는 열매를 등처럼 매달고 있는 감나무 집. 마치 누구를 하염없이 기다리듯 홍시는 찬 서리가 내릴 때까지 빨갛게 매달려 있곤 했어요. 그러나 홍시가 떨어지면 그저 동네 모퉁이의 쓰레기더미.

쓰레기를 몰래 갖다버린 사람들까지도 감나무 집을 지날 때면 눈살을 찌푸렸어요. 코를 싸쥐고 지나가는 사람도 있었지요.

모퉁이 그늘

"구청에서는 도대체 왜 여길 방치한대?"

"엄연히 주인 있는 집이라 함부로 처리할 수 없다는 거지."

"저 속에는 쥐가 득실득실할 거야!"

"에잉! 고양이란 고양이는 죄다 들락거리고……."

모퉁이를 지날 때마다 사람들은 투덜거렸어요. 그래요. 감나무 집은 동네를 부끄럽게 만드는 곳이었어요. 모퉁이에 드리워진 더러운 그늘이었지요. 맞은편 작은 놀이터마저 텅 비게 만드는.

"쯧쯧, 어젯밤에도 문제아들이 저쪽에서 한바탕하고 갔다지?"

"아무튼 저기가 문제야. 이젠 저런 부랑자까지……."

떡집에서 나온 아주머니들이 구시렁거리며 집으로 갔어요.

떡집 영감은 밖으로 나와 길모퉁이 감나무 집을 바라보았어요. 한눈에도 불량해 보이는 남자가 감나무 집 앞에 서 있습니다. 낯선 남자예요. 더럽고 너저분한 게 문제였을 뿐 저기서 아직 위험한 일은 없었습니다.

영감은 못마땅했어요. 오갈 데 없는 사람들이 꼬이기 시작하면 골치 아픈 일이 생길 게 뻔해요.

"어쩌자고 기웃거리는 거야?"

"영감. 괜히 나서지 마슈. 저러다 가겠지."

고개를 삐죽 내민 할머니가 걱정스레 말했어요.

"쩝! 사감 할매만 살아 있었어도 저런 흉가는 안 되었을걸."

"할매 살아 있었으면 더했지. 멀쩡한 집을 저렇게 만든 게 바로 그 할매요. 쯧쯧. 가족들 떠나니까 혹시라도 굶고 얼어 죽을까 봐 온갖 걸 다 끌어들여서는."

"남의 얘기라고 함부로 하지 마소. 아무리 궁해도 남한테 손 벌린 적 없는 양반이었는데. 떡국 한 그릇도 그냥 못 받은 거 잊었어?"

"그렇게 고고했어야 뭐, 결국은 집안이 저 모양 저 꼴인걸."

"사람 사는 게 다 같을 수야 있나. 아들이 원양어선 타고, 며느리는 자식 유학 시키느라 외국 가서 그런걸."

"그 소문을 믿으슈? 하긴, 외국서 자기들끼리 모여

살지도 모르지. 사는 재미가 얼마나 좋으면 여태 한 번도 안 왔을까. 제 어미가 혼자 세상 떠나도록."

"무슨 사정이 있겠지."

할머니는 혀를 차고 영감은 한숨을 쉬었어요.

두 노인은 오랫동안 여기 살면서 동네가 변해가는 걸 지켜본 사람들이에요. 이 동네에서 변하지 않은 건 방앗간과 감나무 집뿐이라고 할 수 있어요. 방앗간이야 떡을 만들어 팔면서라도 버티고 있지만 감나무 집은 다릅니다. 번듯하던 집이 썩어가는 버섯처럼 내려앉아버렸으니.

전에는 감나무 집이 동네에서 가장 컸습니다. 여학교 사감이었던 안주인은 돈이 떨어져도 고개를 숙이지 않을 만큼 꼿꼿했지요. 담장이 높고 잘 어울리지 않는 사람들이라 감나무 집에 대한 소문은 늘 있었어요. 식구들이 하나둘 떠나고, 아무도 돌아오지 않고, 혼자 된 사감 할매가 결국 손수레를 끌고 다니며 폐지를 주워 연명하다 죽어간 모든 일들에 대한 소문. 그러나 동네의 낡은 것들이 헐린 자리마다 커다란 건물이 들어서

고 주민들이 바뀌면서 감나무 집은 잊혔어요. 그간의 소문이 죄다 들러붙기라도 한 것처럼 볼썽사나운 몰골로 방치된 골칫거리에 불과하지요.

"저기서 아기 울음소리가 난다고들 하던데, 당신도 들었수?"

할머니가 중얼거리듯 물었어요.

"쓸데없는 소리."

"들었다는 사람이 한둘이 아닌걸."

"고양이 울음소리겠지. 아기는 무슨!"

영감이 딱 잘라 말하며 창밖을 보았어요. 어느덧 밖은 어둑해져 있었습니다. 소리 없이 안개비가 흩날리고.

두 노인은 가게를 정리하고 내일 장사도 준비하느라 바빴어요. 그래서 흐릿한 가로등을 등지고 가게 안을 물끄러미 바라보고 있는 남자를 알아채지 못했어요. 고개를 잠깐 비틀었을 뿐 남자는 세상 어디에도 속하지 않은 사람처럼 무표정했어요.

늦은 시간. 비 그친 거리는 조용하고 감나무 집 쪽은 어둠에 잠겨버렸어요. 모퉁이에도 가로등이 있지만 고장 난 그대로 방치해서 밤에는 이쪽으로 다니는 사람이 거의 없습니다. 고양이들만 나무판자를 기어오르거나 지붕으로 사뿐히 건너뛸 뿐이라서 나무판자 틈이 희미하게 밝아지곤 하는 걸 아는 사람은 없었답니다. 혹시 누가 봤다고 해도 우연히 비쳤다 사라지는 불빛쯤으로 여겼을 거예요. 어쩌다 깜빡하는 정도였거든요.

한 무리의 소년들이 키득거리며 놀이터로 들어섰어요. 서넛이 하나를 에워싸고 집적거리면서. 힘자랑이라도 하고 싶은지 소년들은 의기양양했고 끌려온 소년은 잔뜩 움츠린 상태였습니다. 누구는 휘파람을 불었고 누구는 욕지거리를 내뱉었어요. 또 누구는 투수 흉내를 내며 뭔가를 집어던졌어요.

쨍그랑!

끼야옹!

유리병이 감나무 집에 부딪혀 깨지자 소년들이 박수를 치며 웃었어요. 그러다 멈칫했어요. 망가진 그네 옆에서 자기들을 쏘아보고 있는 검은 덩치 때문이었습니다.

소년들은 피식 웃었지만 순간적으로 겁을 좀 먹었어요. 손가락을 우두둑 꺾어가며 덩치를 가늠해보면서도 잔뜩 긴장하고 있었지요. 그러다 덩치가 부스스 일어나는 걸 보고는 주춤 물러나고 말았습니다. 얼굴이 잘 보이지 않아도 덩치에게서는 함부로 대들기 어려운 무서움이 느껴졌거든요.

어둠 덩어리 같은 덩치가 다가오며 팔을 휘저었어요. 주춤주춤 물러나던 소년들은 잽싸게 달아났습니다. 끌려올 때부터 겁에 질렸던 소년은 주저앉아버렸고요. 사실 남자는 걸음을 떼면서 가방을 어깨에 걸치느라 팔을 휘저었을 뿐이에요.

어쨌거나 달아난 소년들은 모퉁이를 벗어나기도 전에 짤막한 비명소리를 듣고 말았어요. 호기심에 되돌아왔다고 해도 미처 못 달아난 소년이 덩치에게 어깨를 붙잡혀 있는 것만 보았겠지요.

한참 뒤에 소년은 놀이터를 떠났어요. 서두르는 기색 없이 다만 뒤를 한 번 돌아보고. 거기에는 어둠과 잘 구별되지 않는 덩치가 우두커니 서 있었습니다.

생각에 빠진 것인지
생각이 빠져나가 머리가 텅 비었는지

남자는 온종일 멍하니 앉아
거기를 떠나지 않았어요.

빈 집 의
아 이 들

이른 아침. 아직 상점들이 문을 열기도 전이었어요.

감나무 집의 널빤지 하나가 벌어지며 여자애가 나왔습니다. 온갖 잡동사니에 둘러싸여 도무지 문처럼 보이지 않는 곳이 열린 거예요. 마르고 꾀죄죄한 여자애. 게다가 맨발에 울음이 터질 것 같은 얼굴이었어요.

간밤에 깨진 유리병 조각들이 널려 있었지만 아이는 그것을 살필 겨를이 없어 보였습니다. 아이는 이를 앙다문 채 뛰어갔어요. 발자국마다 점점이 핏자국을 남기며.

멀찍이서 그것을 본 사람은 낯선 남자뿐이었어요.

놀이터에서 웅크린 채 밤을 보낸 남자. 그는 사실 덩치가 그리 크지도 않고 부랑자 행색도 아니었어요. 가방이 크고 간밤에 노숙한 것은 맞지만. 아무튼 그는 자기가 본 것이 믿어지지 않는지 눈을 끔뻑이며 여자애가 사라진 쪽을 보고 널빤지 문을 뚫어져라 바라보았어요.

아이가 급히 나가느라 문은 꼭 닫히지 않은 상태였어요. 그런데도 지나가는 사람은 그것을 눈여겨보지 않았어요. 벌어져 있든 말든 거기를 문으로 볼 사람은 없었습니다. 무질서하게 쌓여 있는 잡동사니와 별다르지 않았으니.

남자는 주위를 두어 번 돌아보며 망설이더니 놀이터를 나와 널빤지 문 앞으로 다가갔어요. 그러나 곧 물러나서 모퉁이를 돌아 사라졌습니다.

잠시 뒤에 경찰이 오토바이를 타고 나타났어요. 경찰은 감나무 집 주변을 휘이 돌아보았고 여기저기 살피고 두들기다가 겨우 널빤지 문을 찾아 열어젖혔습니다. 기역 자로 몸을 굽혀야 했지만 경찰은 안으로 들어갔다 나왔어요. 그리고 이내 오토바이를 타고 돌아갔습니다.

경찰차가 구청 직원을 태우고 다시 온 것은 꽤나 시간이 지난 뒤였어요. 차에는 맨발로 뛰어나간 여자애도 있었는데, 아이가 내리려고 하자 경찰이 막았어요.

"넌 그대로 있어."

여자애는 겁먹은 채 내리려던 발을 멈칫했고 차 문이 닫혔어요. 아이의 두 발에 붕대가 감겨 있었습니다. 아이는 창문에 바짝 얼굴을 붙이고 널빤지 문에서 눈을 떼지 못했어요.

몸집이 좋은 구청 직원은 널빤지 문을 비집고 들어가며 연거푸 '아이구, 아이구' 했고 밖으로 나올 때 그 소리에는 한숨마저 섞여 있었지요. 구청 직원의 두 손에는 두 살이나 됐을까 싶은 어린애가 축 늘어진 채 들려 있었습니다. 그것을 본 여자애가 울음을 터뜨렸어요. 무슨 일인가 싶어 기웃거리던 사람들 눈이 휘둥그레졌어요.

"세상에! 저 속에 어린애가 있었단 말이야?"

"그것도 둘씩이나! 애 울음소리가 난다더니, 헛소리가 아니었구먼!"

"새벽에 여자애가 뛰어가는 걸 내가 봤지! 세상에, 맨발이었어!"

"무료급식소에 두어 번 왔던 애 같던데."

사람들이 다투어 목소리를 높였어요.

여자애가 새벽부터 맨발로 뛰어다니며 상점 문을 두드리다 경찰서로 간 것까지 사람들은 알지 못했어요. 아이는 경찰서에 와서도 문이 열려 있는 곳이 여기뿐이었다고 하지 않았습니다. 그저 겁에 질려 울면서 '내 동생이 죽을 거 같아요!' 했을 뿐이에요.

"쯧쯧! 그러고 보니 며칠 전, 어떤 여자가 놀이터에 서성거리던 게 생각나네! 애 둘을 데리고 어두워지도록 있더라고."

"벼락 맞을! 결국 애들을 빈집에 버리고 갔구먼."

"아이구! 먹을 것도 물도 없었을 텐데."

몹시 안타까워하면서도 사람들은 뭐가 더 없나 싶은 표정을 감추지 못했어요. 동정 어린 말투로 경찰에

게 뭘 물은 사람도 있었지만 호기심을 채울 수는 없었
어요.

"빨리 병원으로!"

구청 직원이 타자마자 경찰차가 떠났습니다.

사람들은 그저 혀를 차며 수군거릴 뿐이었어요. 궁
금증을 해결하지 못한 몇 사람은 허리를 잔뜩 구부리
고서라도 안에 들어가보았고 고개를 저으며 나왔어요.
그리고 하나같이 울분을 터뜨렸어요.

"어떻게 애들을 저런 곳에!"

더 있어 봐야 구경할 게 없으니까 사람들은 하나둘
감나무 집을 떠났습니다. 늘 그랬듯 감나무 집은 동네
모퉁이의 쓰레기더미로 남았어요. 말갛게 비에 씻긴
어린 감나무 잎사귀가 그 어느 날보다 반짝였을 뿐.

낯선 남자는 그제야 다시 나타났습니다.

감나무 집을 멍하니 바라보는 남자 얼굴에 햇살이
들었어요. 아픈 데가 건드려지기라도 한 듯 찡그리던
남자는 갑자기 켜켜이 쌓여 있던 것들을 마구 흩뜨리
기 시작했어요. 그러다가 허물어지듯 주저앉아버렸습

니다. 그러나 꾹 다문 입술이며 깊은 눈초리는 그대로였습니다. 꼭 그렇게 만들어진 사람처럼.

쓰레기 집 앞에 주저앉은 남자는 또 하나의 쓰레기처럼 보였어요. 어쩌다 지나가는 사람들은 그를 흘깃거리며 멀찍이 떨어져 지나갔지요. 생각에 빠진 것인지 생각이 빠져나가 머리가 텅 비었는지 남자는 온종일 멍하니 앉아 거기를 떠나지 않았어요.

한 무리의 소년들이 찧고 까불며 모퉁이를 돌다 멈칫했어요. 구부정한 자세로 고개를 떨구고 있는 남자를 본 거예요. 놀이터에서 장난 좀 치려고 일부러 온 참이었으나 소년들은 누가 먼저랄 것도 없이 그 앞을 지나쳐버렸습니다. 한참 뒤에 혼자서 오던 소년도 움찔 놀라며 멈추었어요. 그러나 소년은 멀찍이 서서 남자를 바라보았고 몇 걸음 가다 남자를 다시 돌아보았어요. 어젯밤에 남자에게 어깨를 붙잡혔던 소년입니다.

얼마 지나지 않아 경찰차가 도착했어요. 남자는 움직이지 않았어요. 경찰관 둘이 남자를 양쪽에서 잡아일으켰어요.

"서까지 좀 갑시다."

"수상한 사람 때문에 불안하다는 주민 신고가 들어왔어요."

남자는 순순히 팔을 잡힌 채 경찰차에 탔어요. 잠시 당황한 기색이었지만 입을 꾹 다문 채 굳은 표정은 크게 달라지지 않았습니다. 할 이야기라도 있는 것처럼 지붕 귀퉁이의 천막이 푸드덕 들썩였어요.

농네 모퉁이의 감나무 집. 아무것도 달라지지 않았습니다. 제법 소란스러웠건만 어떤 흔적도 남지 않았고, 아무도 남지 않았어요. 아니, 꼭 그런 건 아니에요. 놀이터에 소년이 남아 있었지요. 소년은 경찰차가 사라지는 걸 바라보다 망가진 시소에 앉았어요. 그리고 길게 누워서 하늘을 바라보았습니다.

빈집의 아이들

그대로 그저 고마워요.
없어진 게 아니잖아요.

먼 데서
온 사람

사람들은 50-7번지에 무슨 일이 벌어졌는지 알 수 없었습니다. 몹시 궁금하기는 했지요. 이른 아침부터 인부들이 와서는 감나무 집을 켜켜이 둘러싸고 있던 잡동사니들을 치우기 시작했거든요.

얼마나 많은 것들을 얼마나 오래 쌓아두었는지 잡동사니들은 치워도 치워도 끝이 없었어요. 별의별 게 다 나왔지요. 감나무 집을 둘러싸고 있던 온갖 소문들처럼. 그럴 수밖에요. 한 집안의 사람들이 자라고 늙고 병들어 세상을 떠난 시간만큼 쌓인 것들인걸요.

"거 참 다행이군. 드디어 철거할 모양이야."

"돈 많은 작자가 사들였다지. 그것도 아주 헐값에. 주인이 외국에 있다더니 시세를 전혀 몰랐나 봐."

"이럴 때 보면 자네는 모르는 게 없어. 그 소리는 또 누가 지어냈대?"

"에헤! 사들이긴! 애들이 저기서 죽을 뻔했잖아. 그 일로 구청에서 나선 거야. 저기를 그냥 둬서는 안 된다고 우리가 누차 민원을 넣지 않았나. 불쌍한 애들 덕분에 그게 받아들여진 셈이지."

감나무 집은 다시 소문의 중심이 되었어요. 문제아들이 가끔 말썽은 일으켜도 큰 사건이랄 게 없을 만큼 조용한 동네였거든요. 자기 일에 바쁘고 사느라 힘들어서 이웃 간에도 그다지 대화가 없던 사람들에게 감나무 집에서 벌어진 사건은 말 걸기에 좋은 구실이 되었습니다. 호기심을 참지 못하는 사람들은 놀이터에 엉덩이를 붙이고 앉아 지켜보거나 괜스레 인부들 쪽으로 가서 기웃거렸어요. 그러나 뭘 좀 물어도 돌아오는 대답은 없었어요. 우악스레 끄집어낸 쓰레기를 트럭에 던지듯 인부는 고작 이렇게 말했을 뿐이에요.

"걸리적거리지 말고 비켜요. 괜히 다치지 말고."

트럭이 몇 차례나 들락거렸어요.

사람들은 오물 덩어리가 치워지는 것처럼 후련해했지만 떡집 영감의 마음은 좀 달랐습니다. 잡동사니 속에서 오래전 것들이 차츰 드러나는 게 마치 추억이 되살아나는 것 같았으니까요.

"우리 큰애가 저 담장에 낙서했다가 혼쭐이 났지. 허허. 저 집 아들이 보통내기가 아니었어. 성에 안 차면 주먹질부터 했으니……."

얻어터진 게 분해서 담장에 낙서했다가 끝내 코피까지 터졌던 아들은 이제 어엿한 어른이 되었습니다. 감나무 집 아들을 이겨본 적은 없지만, 이길 필요가 없는 상대도 있다는 걸 스스로 깨달아서 얼마나 다행인지요.

이제 낙서 같은 건 찾아볼 수도 없어요. 도도하던 담장은 볼품없이 주저앉았고, 파란 대문은 녹이 슬다 못해 녹아내렸고, 지붕, 창문, 벽, 어디 하나 온전한 데가 없습니다. 그러나 그대로 그저 고마워요. 없어진 게 아니잖아요. 모든 게 너무 빨리 변해버리고, 오래된 것은 참아내지 못하는 세상에 아직 고스란히 남은 곳. 여기서 나고 자란 사람들의 과거를 증명이라도 하듯 용케 버티어준 곳. 빈집에서 세월을 먹으며 굵어진 감나무의 밑동을 볼 때는 가슴이 뻐근해지기까지 했답니다.

영감은 망설이다 조심스레 물었어요.

"혹시, 저 감나무도 없애버릴 거요?"

"아뇨. 걱정 마세요."

영감은 고개를 끄덕이며 돌아섰어요. 그리고 뒷짐을 진 채 주변을 하나하나 눈여겨보며 떡집으로 갔어요.

인부의 그 짧은 대답이 얼마나 다행스럽던지. 감나무 때문이 아니라 늙은 체면 우스워지는 게 순식간이라. 통박이나 듣던 동네 늙은이들 앞에서 터줏대감 대우라도 받은 양 가슴이 다 펴집니다. 더구나 감나무를 그냥 둔다잖아요. 사실 영감은 여태 감나무를 걱정해본 적이 없습니다. 혹시 베려나 싶어 무심코 물었을 뿐인데 대답을 듣고 보니 왠지 감나무가 꼭 거기에 있어야 할 중요한 것처럼 느껴집니다. 아무렴. 멀쩡한 나무를 베는 건 옳지 않아요.

"영감. 정말 저 집도 헐리는 거유?"

"허물 거였으면 쓰레기랑 같이 퍼냈겠지. 저런 거 굴삭기로 퍼내면 순식간이야. 사람들이 일일이 치우지 않는다고."

"그럼 저대로 고친다고? 그렇게 오래 방치됐는데 온전할까?"

"어련히 알아서들 할까. 요즘은 기술이 워낙 좋아서 원형을 유지하면서도 아주 신식으로 고쳐내잖아."

"그런 걸 집주인 허락 없이도 하나?"

"집…… 주인……."

영감은 일손을 멈추고 나와 보았어요. 쓰레기가 말끔히 치워지고 있는 감나무 집. 그런데 깨끗하기는커녕 왠지 허전해 보입니다. 안타깝게 부둥켜안고 있던 걸 다 빼앗기고 앙상한 몸뚱이가 드러난 늙은이 같아요. 누군가를 기다리며 쓸쓸하게 홀로 늙어버린 늙은이.

"후우. 몹쓸 것……."

목구멍을 꽉 메우는 걸 삼키며 영감은 한숨 쉬었어

요. 저 집에서 늙어가며 사감 할매는 아들을 기다렸겠지요. 그런 건 누가 말하지 않아도 알 수 있는 거예요. 배를 탄다고 떠났던 아들. 사실은 잘 모르겠어요. 그 소리를 어디서 주워들었는지 모르겠는데 언젠가부터 영감은 그렇게 믿게 되었어요. 자식 공부 때문에 외국 갔다는 며느리 이야기도 마찬가지예요. 체격이든 머리든 저 집 사람들이 남다르기는 했지요. 아무튼 사감 할매는 세상을 떠났고 저 집만 남았습니다. 진작 처분했다면 여전히 꼿꼿하게 살 수 있었을 거예요. 기다림을 끝낼 수 없어서 그랬는지도 모르지요. 감나무를 저토록 푸르게 남겨둔 것을 보면.

쓰레기가 다 치워지고 며칠이 지나도록 감나무 집은 그대로였어요. 고장 난 가로등도 그대로 소리 없이 드나드는 고양이들도 그대로. 가끔 사람들이 지나다녔고 밤에는 문제아들이 놀이터를 점령하곤 했어요.

어제는 가방을 멘 여자애가 감나무 집 앞에 서 있다가 돌아갔습니다. 거기서 구출되어 동생이랑 어떤 시설에 맡겨졌다더니 학교에 다시 다니는 모양이에요.

감나무 집이 달라진 게 싫은지 금방이라도 울 것 같은 얼굴이었어요.

"영감 예상이 틀린 것 같수. 저런 집에 왜 공을 들이겠어. 허물고 새로 지으면 임대료가 얼만데."

할머니가 거스름돈을 꺼내며 말했어요. 내키지 않는 손님 때문에 일부러 꺼낸 말이에요. 동네에서 본 적이 없는 남자가 들어와서 진열된 떡을 주섬주섬 집더니만 큰돈을 내는 거예요. 게다가 가게 안쪽을 유심히 보는 듯해서 여간 께름칙한 게 아니었어요. 그래서 목소리를 좀 높였지요. 이 가게에 혼자 있는 게 아니라는 걸 보여주려고. "흐음! 기다려보면 알겠지."

한쪽에서 조는 듯 앉아 있던 영감이 손님을 힐끗 보며 중얼거렸어요. 손님은 구부정한 등을 보이며 나갔고 영감은 그가 어둠 속으로 성큼성큼 사라지는 걸 지켜보았어요. 자세히는 못 보았지만 묘한 느낌을 주는 사람이에요. 어쩐지 먼 데서 온 것만 같은. 이곳의 어떤 것과도 어울리지 않는 사람.

"이상한 사람이네. 남의 가게를 왜……."

남자의 시선이 닿았던 곳을 휘이 보면서 할머니가 볼멘소리를 했어요. 가게 안쪽에는 더 이상 쓰지 않게 된 기계들이 있을 뿐입니다. 방앗간이 한창일 때는 힘 좋게 돌아가던 것들이지요.

두 노인은 무거운 마음으로 가게 문을 닫았어요. 여느 때보다 더 꼼꼼히 문단속을 하고도 마음이 놓이지 않았지요. 남자가 사라진 쪽이 유난히 어둡게 느껴지는 밤이었습니다.

난 아무도 아니다.

그냥,

세상 끝에서 왔지.

남자 그리고
소년

겨우 어둠이 걷히기 시작한 새벽.

탁 탁 탁 탁.

조용한 동네에 전에 없던 소리가 나기 시작했습니다. 뭔가를 두들기는 소리. 감나무 집 안에서 나는 소리였어요. 바쁜 사람들은 고개를 갸웃하며 지나갔을 뿐이지만 궁금증을 참지 못하는 사람들은 녹슨 대문을 기어이 열고 들여다보았지요.

"아이구야! 언제 이렇게 자재를 들여놓았지?"

사람들은 내친김에 슬그머니 들어와 기웃거렸어요. 집이 생각보다 넓은 것에 감탄하고 오래된 살림들을 만져보기도 하고. 심지어는 마당에 쌓인 자재들에 대해서도 이러쿵저러쿵 떠들었지요.

"이제야 뭔가 하려는 모양일세!"

"엄청나게 퍼내서 홀랑 부수는 줄 알았더니만, 그새 바닥공사가 다 됐네!"

"나무를 많이 쓰는구먼. 자재들이 좋은 걸 보니 집주인이 신경을 많이 쓰는 모양이야. 아이구. 저 대들보가 아직도 멀쩡하네!"

그들이 가장 궁금한 것은 일하는 사람이었어요. 며칠 전 경찰에게 잡혀갔던 남자가 혼자 일하고 있었거든요. 사람들을 거들떠보지도 않고 묵묵히 자기 일만 하는 남자. 바닥 시멘트는 이미 잘 말랐고, 무너지거나 부서진 것들은 말끔히 치워져 수술을 기다리는 환자 같았어요. 벽이 헐려나간 자리에는 새 자재가 세워졌고 남자는 단열재를 채우는 중이었어요. 혼자 하기에는 다소 벅차 보였으나 이런 일만 하던 사람처럼 능숙한 솜씨였고 머뭇거리는 기색이라곤 전혀 없었습니다.

"다른 일꾼들은 없소?"

"일이 만만치 않을 텐데……."

"집주인 참 고약하네. 어떻게 일꾼을 하나만 쓴대."

무슨 말을 해도 남자는 대꾸가 없었어요. 잠자코 길이를 재고 기록하고 자재를 자르고. 망치질하고.

그런 날이 계속되었어요. 감나무 집이 살아나는 것 같았지요. 동네 사람들은 호기심에 자주 들여다보고 말도 걸었지만 남자는 여전했어요. 그저 필요한 것을 만들고 세우고 채우고. 하다못해 창틀까지 만들었는데 누가 봐도 여간 솜씨가 아니었습니다. 혼자라서 일이야 벅차겠지만 전문가가 확실해 보였지요. 그러다 음식을 배달시켜 먹고 길게 누워서 쉬는 여유까지. 누가 기웃거리든 개의치 않는 남자였습니다.

몇 사람은 이제 망설임 없이 들락거리며 일이 돼가는 모양을 지켜보았어요. 그러나 저희끼리 몇 마디 하다 돌아갈 뿐이었지요. 같은 공간에 있어도 결코 만나지지 않는 사람. 동네 사람들에게 남자는 다른 세계가 분명했습니다.

남자가 잠시 일손을 멈추는 때가 있기는 했습니다.

쪼그만 여자애가 바깥에서 오도카니 서 있을 때. 그리고 소년이 찾아올 때입니다. 여자애는 서성거리다가 남자와 눈이 마주치기라도 하면 냉큼 돌아섰지만 밖에서 빙빙 돌던 소년은 달랐어요. 남자와 눈이 마주치자 되레 빳빳해졌고 남자를 빤히 바라보다 문을 열고 들어왔어요. 그리고 괜스레 오락가락하며 남자가 일하는 모습을 힐끔거렸어요.

소년이 눈치 빠르게 연상을 집어수었을 때 남자의 얼굴 근육이 씰룩였어요. 단단하던 표정에 금이 가는 것 같았지요. 물을 갖다 주었을 때는 괴로운 표정이 역력했습니다. 그러다 소년의 어깨를 힘껏 쥐었어요. 언젠가 놀이터에서 그랬던 것처럼.

"가서 공부나 해라."

"그런 거, 취미 없어요."

남자의 얼굴이 무섭게 굳어버렸어요. 소년은 차마 눈을 마주치지 못하고 슬쩍 고개를 돌렸어요. 남자는 하던 일을 계속했고, 소년도 그 자리에 그대로 있었습니다.

남자 그리고 소년

남자가 무시해도 소년은 학교에서 올 때마다 들렀고, 주말에는 아침부터 찾아와 자기 방식으로 일손이 되었어요. 남자는 여전히 말이 없었지만 소년이 건네는 것들을 잠자코 받기 시작했어요. 처음 그러던 날 소년의 입가에 미소가 스쳤어요. 고맙다는 듯 먼저 말도 했지요.

　"제 이름, 태오예요. 정태오."

　남자는 귀담아들은 것 같지 않았고 태오도 괘념치 않았어요. 같이 있어도 된다는 허락을 받은 것 같아 기뻤으니까요. 이상한 일이지만 태오는 그 순간 두려움에서 한 걸음 벗어나는 기분이었습니다.

　태오는 얼마 전부터 자기를 노려보는 애들 때문에 불안감을 안고 지내왔어요. 여기로 올 때도 몇 걸음 뒤에 녀석들이 항상 있었지요. 도대체 왜 여기를 찾아오는지 어떻게 험상궂은 남자 곁으로 갈 수 있었는지 궁금하겠지요. 함부로 나서지 못하는 건 틀림없이 남자 때문일 거예요. 그래서 더 여기에 있고 싶어요. 사실은 녀석들을 피해 어디로든 도망치고 싶었거든요. 너무나

오랫동안 태오에게는 누군가가 필요했습니다. 힘이 되어줄 누군가.

사실 어깨를 붙잡히던 그날 밤부터 사정이 달라졌다고 할 수 있어요. 주정뱅이에게 붙잡힌 줄 알고 발버둥 쳤는데 우악스러운 손아귀가 어깨를 놓아주지 않았지요. 게다가 끔찍한 소리까지 들어야 했습니다.

"널 죽일 것 같지? 그래서, 죽을 거냐?"

그게 전부였어요. 태오는 그때 아무 대답을 못 했어요. 그러나 무슨 대답이 필요한지는 누구보다 잘 알았습니다. 두려움 뒤에 용기가 숨어 있다는 생각도 하게 되었습니다. 두려움과 용기. 그날 그 두 가지를 한꺼번에 경험했거든요.

남자가 음식점에 음식 두 그릇을 주문했던 날 태오가 또 먼저 입을 뗐어요. 고맙다는 말 대신 꼭 하고 싶었던 말을 꺼낸 거예요.

"집 짓는 일이라면 할 수 있을 것 같아요."

혼잣말 같은 소리를 하고 태오 얼굴이 귀밑까지 빨개졌어요. 누구한테도 꺼내지 않았던 말이라서.

남자 그리고 소년

"아버지도 건축기사였어요. 쳇! 이제 나랑은 상관없지만."

남자가 태오를 흘낏 보았어요.

"다른 애 아버지가 됐거든요."

남자가 한 마디 툭 던졌어요.

"많이 먹어라."

차라리 서로에 대해 아무것도 모르면 더 편할 때가 있지요. 공연한 고백을 한 것처럼 태오는 불편했고 손해 보는 기분마저 들었어요. 그래서 일하는 내내 부루퉁했지요. 망치로 손가락을 찧었을 때는 참을 수 없이 화가 치밀어 올랐어요. 아픈 것보다 아무 대꾸도 없는 남자 때문에 속이 상했던 거예요.

화를 눌러 참으면서 태오는 내내 궁금하던 걸 물었어요.

"난 태오라고요. 정태오! 아저씨는 누구예요? 어디서 왔어요?"

뜨거운 주전자가 김을 뿜어내듯 식식대고 있는 태오를 남자는 거들떠보지도 않았어요. 태오는 물병을 우

그러뜨리며 벽에 기대앉았고 남자는 툭 탁 툭 탁 망치질만 했습니다. 그렇게 저녁이 되었습니다.

엉덩이를 털고 가방을 짊어질 때 태오는 부끄러운 생각이 들었어요. 그렇게 화낼 처지가 아니라는 걸 깨닫고 나니 얼굴이 뜨거웠어요. 이러다 내일 못 오면 어쩌나 걱정스러운데 남자가 말했습니다.

"난 아무도 아니다. 그냥, 세상 끝에서 왔지."

"세상 끝에서……."

무뚝뚝하고 메마른 말투.

태오는 남자를 잠시 바라보았어요. 대답을 들었지만 알게 된 것이라고는 없어요. 어쩐지 너무 가엾다는 생각만 들었습니다. 아버지보다 더 나이를 먹은 사람인데 불쑥 안아주고 싶어졌을 만큼. 태오는 서둘러 나와버렸어요. 이런 감정이 든 것은 정말이지 처음이에요.

놀이터에 소년들이 놀고 있었어요. 태오를 본 소년들은 잠시 멈칫했을 뿐 시비를 걸어오지 않았습니다. 소년들의 장난이 계속됐지만 매가리가 없는 게 온 신경이 태오에게 쏠린 듯했어요. 그러는 까닭은 또 있었

어요. 놀이터에 신경 쓰이는 상대가 있었거든요. 신고식도 없이 발 들인 주제에 이쪽을 신경도 안 쓰는 녀석. 건방진 게 눈엣가시 같아도 어쩐지 함부로 건드려서는 안 될 것 같은 녀석 때문에 소년들은 뒷다리 사이에 꼬리를 감춘 강아지처럼 어물쩍해져 있었던 거예요. 태오의 시선도 자기를 괴롭히던 녀석들보다 낯선 소년에게 쏠렸어요.

바짝 깎인 머리, 모자로 가렸어도 뒤통수에 길게 난 흉터가 보이는 낯선 소년. 소년이라기에는 성숙하고 청년이라기에는 앳된 소년이 그네 기둥에 기대앉아 돌멩이를 집어던지고 있었습니다. 허공 어디쯤 과녁이라도 있는 것처럼 돌멩이를 던지고 또 던지고.

한 걸음씩
다가와

다들 상관 말라고.
날 좀 내버려둬.
이건 내 일이야......

무슨 일 때문인지 남자의 심사가 뒤틀린 듯했어요.
일하다가 연장을 집어던지기도 하고 술 취해서 온종일
잠만 자기도 했어요. 태오 할머니가 음식을 해가지고
찾아왔을 때는 버럭 화를 냈지요.

"다들 상관 말라고! 너도 올 필요 없다!"

위아래도 모르는 작자라고 욕은 했지만 태오 할머니
는 음식을 두고 갔습니다. 손자를 바로 잡아줄 사람이
라고 생각했거든요. 부모 없이 자라는 것도 안타까운
데 친구들에게 시달림까지 당하는 손자였습니다. 할머
니는 도와줄 방법이 없었지요. 그러던 손자가 감나무

집에서 일을 하며 달라졌어요. 어떻게든 감사를 해야 지요.

"날 좀 그냥 둬……. 이건 내 일이야……."

벌레처럼 웅크리고 잠든 남자가 웅얼거렸어요. 저렇 게 널브러져서 하루를 다 보낸 거예요. 전기공사를 하 러 온 사람이 그냥 돌아가지 않은 건 태오 때문이었어 요. 덕분에 저녁이 되자 감나무 집에도 환하게 불이 켜 졌습니다. 남자가 깨어나면 좋아하기를 바라며 태오는 감나무 집을 나왔어요.

집으로 가는 골목길에 들어서는데.

쨍그랑!

유리창 깨지는 소리.

태오는 걸음을 멈추었어요. 틀림없이 감나무 집이 에요.

쨍그랑!

쨍그랑!

연거푸 유리가 깨지고 있습니다. 새로 짠 창틀에서 유리가 박살 나고 있어요. 괴롭힐 애가 없어서 심심한

녀석들이 감나무 집 유리창을 털어내기로 작정한 모양입니다. 그러고도 남을 녀석들이지요. 밤에는 거인의 힘이라도 가진 줄 착각하는 멍청이들이니까요.

쨍그랑!

넉 장. 마지막 유리까지 깨져버렸어요. 녀석들이 미쳤나 봐요. 불까지 켜진 집의 유리창을 모조리 깨부수다니. 태오는 되돌아 뛰었어요. 무슨 일인가 하고 상점 여기저기서 사람들도 나왔어요.

벌써 도망쳤는지 놀이터에는 문제아들의 그림자도 남지 않았어요. 여태 곯아떨어져 있는지 남자는 밖을 내다보지도 않았고요.

"망나니 같은 놈들! 잡아서 혼쭐을 내야지, 원!"

"잘 돼가는 데다 무슨 짓이야!"

"아무튼, 바람 잘 날 없는 집이네."

사람들이 한마디씩 하고 돌아갔어요. 어쩌겠어요. 유리는 이미 깨져버린걸. 여기서 뭐가 깨지고 문제아들이 일 저지른 게 처음도 아닌걸. 그러나 태오는 속이 상했어요. 새 문짝이 어떻게 만들어지고 어떤 유리가

끼워졌는지 봤으니까요. 유리창을 달고 나서 남자가
어린애처럼 입김을 불어 유리를 닦았는데.

태오가 돌아서는데 누군가 팔을 잡았어요. 태오를
괴롭히던 녀석 중 하나였어요. 태오가 팔을 뿌리치자
녀석이 두 손을 들고 물러나며 말했어요.

"아냐. 오늘은 우리 안 뭉쳤어."

태오는 눈살을 찌푸리며 놀이터를 보았어요. 망가진
시소에 길게 누워 있던 소년이 몸을 일으키고 있습니
다. 모자를 눌러쓰고 돌멩이를 던지던 소년. 아무래도
저 녀석이 유리를 몽땅 부숴버린 범인 같아요.

사람들은 금방 각자의 일로 돌아갔고 큰길로 구급차
가 달려가는지 요란한 경적 소리가 들려왔어요. 자기
를 내내 괴롭혀온 녀석과는 잠시도 같이 있기 싫어서
태오는 걸음을 재촉했어요. 그러나 금방 다시 팔을 붙
잡혔습니다.

"야, 잠깐. 잠깐만."

녀석의 얼굴은 노을을 등진 탓에 그늘이 져 있었어
요. 혼자라서 그런가. 녀석은 다른 때와 좀 달라 보였

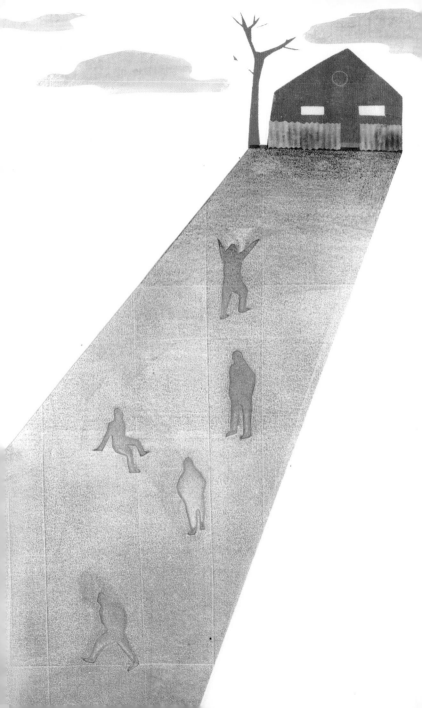

습니다. 공연히 툭툭 발길질을 하던 녀석이 결심한 듯 말했어요.

"나도 같이 가면 안 되니? 거기, 그 아저씨한테."

"왜?"

"나도 해보고 싶어. 어른들이 쓰는 기계, 연장. 실제로 써본 적 한 번도 없거든. 아까 보니까 너, 전동드릴도 다루던데."

녀석이 성그린 얼굴로 태오를 힐끗 보더니 우물거렸어요.

"제법이더라."

어색하게 사과라도 하는 양 목소리를 높이기도 했어요.

"야, 너 생각 안 나? 우리 연장 놀이 잘했었잖아."

태오는 입술을 깨물었어요. 욕이 튀어나오려는 걸 겨우 참은 거예요. 그래요. 아주아주 옛날. 유치원 꼬맹이 때 녀석이 친구였던 적이 있었지요. 민규라는 친구. 그게 진짜였는지 의심스러울 만큼 지금은 달라졌지만. 유치한 이야기를 끄집어내는 녀석이 우스웠으나 태오는 잠자코 바라보기만 했어요.

"그동안 미안했다. 그러고 싶지 않았는데……."

민규가 또 찡그리며 말끝을 흐렸어요. 쉽지 않은 말이라는 걸 태오는 충분히 알았어요. 그렇다고 호락호락 곁을 내줄 수는 없어요. 친구로서는 이미 길이 어긋나버렸는걸요. 혹시 또 당할까 봐 태오는 주먹을 꽉 쥐었어요. 혼자라면 해볼 만하지요.

잠시 침묵이 흘렀고, 민규는 태오가 전 같지 않다는 걸 알았어요. 그래서 표정이 굳어졌지만 성질부리거나 돌아서지 않았어요. 되레 좀 더 진지해졌습니다.

"생각해봤는데, 넌 달라진 것 같아서."

민규가 태오를 똑바로 보았어요.

"우린 아무도 뭘 해야 할지 모르는데. 넌 아니잖아."

그 말을 하면서 민규가 다른 데를 보았어요. 태오는 민규의 목소리가 떨리는 걸 느꼈어요. 이제껏 알던 애가 아닌 것 같아요.

"봐서. 아저씨가 좀 까다롭거든."

태오는 짤막하게 대답하고 돌아섰어요.

가다가 슬쩍 보니 민규는 헛발질만 하고 있습니다. 태오는 피식 웃었어요.

누가 신고를 했는지 아침 일찍 경찰이 나왔어요. 그러나 이미 유리 조각이 다 치워진 상태였고 남자는 기억도 안 나는 일이라고 했습니다. 혹시 누가 다쳤느냐고 되레 묻기까지 했지요.

구경 왔던 사람들이 열을 냈어요.

"이젠 경찰도 여기를 신경 써줘야 돼요. 가로등도 고치고 정기적으로 순찰도 돌고 말이지. 다시는 문제가 안 생기게."

"놀이터도 문제야. 동네 공간을 이렇게 방치하면 되나. 이용할 수 있게 정비해달라고 건의를 해야지 원!"

경찰이 재차 말했어요. 신고 사항이니 조사에 협조해달라고. 그러나 남자는 딱 잘라 말했어요.

"아무 문제 없수다. 그만 돌아가요."

"집주인이 정 그러시다면……."

귀찮다는 듯 남자는 연장을 집어 들었고, 경찰은 감나무 집을 나왔어요. 모여 있던 사람들은 입을 벌린 채 얼굴을 마주 보다 남자를 다시 보았어요.

"집주인? 저 사람이?"

"집주인은 외국에 있다더니?"

사람들이 수군거리며 밖으로 나왔어요. 남자에게 물어봐야 소용없을 테니 경찰을 붙잡았지요. 경찰은 간단하게 대답해주고 떠났어요.

"네. 분명히 법적 소유주입니다."

이 사실은 빠르게 퍼져 동네 이야깃거리가 되었어요. 남자에 대한 온갖 추측도 나돌았지요. 남자의 험상 궂은 인상에 부랑자 같은 차림이 좋지 않은 소문을 만들어냈어요. 외국에서 사업하다 망해 돌아왔다느니, 아내와 자식이 사고를 당해 혼자가 되었다느니, 집주인 자식에게 상속된 것을 도박으로 가로챈 작자라느니.

떡집 영감도 소문을 들었습니다.

"법적 소유주……."

영감은 찡그린 채 생각에 잠겼어요. 그러다 창고의 상자들을 뒤져 보석함을 찾아냈어요. 청색 바탕에 십장생이 장식된 칠보 보석함입니다. 참 귀한 물건이지

한 걸음씩 다가와

요. 어쩌면 사감 할매가 아끼던 물건이었을지도 모르는. 아마 분명히 그랬을 거예요.

언제 적 일인지 가물가물해요. 어느 날 아침 문밖에 이게 놓여 있었지요. 냄비에 든 채. 엄동설한에 혼자 있을 할매가 안쓰러워 냄비에 떡국을 담아다 준 다음 날이었습니다. 짐작건대, 보석함은 떡국에 대한 감사 표시 같았어요. 뭐든 거저 받기를 꺼리는 할매가 떡국을 받은 건 그날이 설날이었기 때문일 거예요. 명절이라고 찾아온 친척들만 아니었으면 보석함을 돌려주러 그때 당장 찾아갔을 텐데. 그랬으면 사감 할매가 추위 속에서 고독하게 세상 떠나는 걸 막았을 텐데.

영감은 법적 소유주의 얼굴이 보고 싶었어요. 이제는 얼굴도 생각 안 나는 그 아이. 아들과 동갑이니 중년이 됐을 테고 얼굴도 달라졌겠지요. 그래도 그 애가 맞는다면 어렸을 적 모습이 조금이라도 남아 있을지 모릅니다. 아무리 늙어도 사람에게는 그 사람일 수밖에 없는 무엇이 남아 있게 마련이지요. 꼭 만나야 할 이유 같은 건 없습니다. 왠지 사감 할매에게 빚을 진

듯한 기분 탓이랄까.

영감은 보석함을 들고 감나무 집으로 갔어요.

"그 애 이름이…… 명길이였지. 이명길."

머리가 참 좋은 애였어요. 여럿 속에서 단연 돋보일
만큼 몸집도 좋았지요. 그러나 사는 건 순조롭지 않은
듯했어요. 귀동냥으로 들은 소리에다 얼굴 마주칠 일
도 없었지만 동네 일이라는 건 다 그렇게 아는 거지요.
어쨌거나 떠돌이처럼 집에 붙어 있지 못하는 데다 나
쁜 소문에 휩싸인 적도 많고. 재산을 탕진한 것도 모자
라 제 가족도 건사하지 못한 건 분명했습니다. 사감 할
매가 며느리와 손자까지 거두었으니까. 결국 그들도
다 떠나버렸지만.

안에서 망치질 소리가 나지만 대문은 닫혀 있었어
요. 녹슬어 구멍이 뚫리고 슬쩍 밀어둔 정도라 얼마든
지 들어갈 수 있지만 영감은 망설였어요. 누가 오는 걸
반긴다면 대문을 열어두었겠지요. 허술한 대문일망정
저렇게 닫아둔 마음을 함부로 건드리는 건 내키지 않
는 일입니다. 저 안에 있는 남자가 명길이가 맞는다면

한 걸음씩 다가와

더더구나. 어렸을 때부터 명길이는 쉬운 사람이 아니었는걸요.

돌아서는데 놀이터 그네에 기대 있는 소년이 눈에 띄었어요. 한눈에도 불량해 보입니다. 영감은 소년이 얼굴도 안 보이게 모자를 눌러쓴 모양이나 거리를 배회한 듯한 행색이 거슬렸습니다. 그러나 선뜻 나서기가 좀 그런 데다 놀이터 앞에 쪼그리고 앉아 있는 여자애도 신경이 쓰였어요. 학교에서 바로 왔는지 여자애는 아직 가방을 메고 있었습니다. 며칠 전에도 여기서 오도카니 서 있는 걸 본 적이 있어요.

"얘야. 거기서 뭐 하니?"

여자애가 눈치를 보며 슬그머니 일어났어요. 꼭 다문 입술이 쉽게 열릴 것 같지 않아요. 그건 이미 알고 있는 일이에요. 동네 사람들이 여러 번 말을 시켰지만 속 시원하게 들은 소리가 없었지요.

"복지시설에서 지낸다고?"

여자애는 고개만 살짝 끄덕였어요. 떡이라도 몇 개 들고 올걸, 하고 영감은 생각했어요. 이렇게 어린 애들이 쓰레기더미 속에서 지내는 줄도 몰랐던 게 내내 마음에 짐처럼 남아 있어요. 살 만큼 살아서 어른 소리를 듣고 터줏대감이라 불릴 만큼 이 동네를 잘 안다고 믿었건만.

"동생은 어떠냐? 여기는 왜 자꾸만 와?"

아이가 무서워하지 않도록 영감은 몸을 낮추고 부드럽게 물었어요. 갑자기 여자애의 입술이 씰룩였어요.

"안 그럴게요……"

여자애가 후다닥 달아났습니다. 영감은 당황했어요. 그럴 마음이 아니었는데 결국 아이를 쫓아버리고 말았습니다. 영감은 자기도 모르게 그네에 기대 있는 소년이 눈에 들어왔어요. 확실하지 않으나 영감은 소년이 피식 웃는 걸 본 것만 같았어요. 버릇없는 태도가 마음에 걸렸으나 어떻게 하겠어요. 요즘 애들에게 어른의 따끔한 한마디라는 게 아무짝에도 쓸모없다는 걸 아는 마당에.

영감이 울근불근하는 동안 소년은 휘적휘적 놀이터를 떠났어요. 돌아오는 내내 영감은 속에서 불이 났습니다. 사감 할매와 명길이 때문에 속이 상하고, 여자애 때문에 괴롭고, 버르장머리 없는 어린놈 때문에 사는 게 다 쓸데없이 느껴졌습니다.

한밤중.

불이 났습니다. 감나무 집에.

너는 태오. 너는 이름이 뭐냐?

미, 민규요. 최민규.

폐 허 에 서

1

그렇구나. 나는 떡집 주인이다.
그거 모르는 사람 없어요.

아수라장이 따로 없었어요. 불길이 솟구치고, 사람들이 이리 뛰고 저리 뛰고, 소리 지르고, 소방차가 달려오고, 사이렌이 울리고. 혹시라도 불길이 자기 건물까지 번지면 안 되니까 손 놓고 있을 수도 없었지만, 꼭 그런 것만도 아니었어요. 이제 웬만한 사람들은 다 알고 있었습니다. 감나무 집에 어떤 사람이 돌아왔다는 걸. 왜인지 몰라도 그 사람에게는 감나무 집이 전부인 것 같았고, 그는 집을 어루만지듯 고쳐나가고 있었다는 걸 말입니다. 그게 다 불길에 휩싸이는 걸 구경만할 수는 없었던 거예요.

아침이 되자 감나무 집의 몰골이 드러났습니다. 시커멓게 그을린 폐허. 뒤틀리고 망가지고 뼈대만 남은 집. 아무래도 간밤에 악마가 찾아왔던가 봐요.

"혼자 그렇게 애를 썼는데. 쯧쯧."

"질식해서 병원에 실려 갔다며?"

"저만하길 다행이지! 중요한 골조는 아직 괜찮아. 워낙 기본이 좋은 집이라."

"어떤 놈 소행인지 분명히 밝혀야 돼!"

"빈집에 불 지를 이유가 도대체 뭐야? 문제아들 불장난이야?"

사람들은 가슴을 쓸어내리며 분통을 터뜨렸어요.

의심을 받게 된 문제아들은 불똥이 튈까 봐 은근히 걱정했고, 태도를 고쳐먹지 않으면 덤터기를 쓰게 될지도 모른다고 생각했어요. 이 자리를 슬쩍 피하는 게 좋을지, 결백하다는 걸 증명하기 위해서라도 버티고 있어야 할지 몰라서 망설이는 문제 소년들. 민규가 태오 곁으로 갔어요.

"우리, 병원에 가보자. 아저씨 어떻게 됐는지."

태오가 민규를 보았고 둘은 동시에 달리기 시작했어요. 멀뚱히 바라보던 두 소년도 냅다 뛰었어요.

"야, 태오! 나도 가!"

"민규야! 같이 가자!"

영감은 착잡한 심정으로 폐허를 바라보았어요. 기어이 감나무 집이 이렇게 끝장나는가 싶어 깊은 한숨이 나왔어요. 집 뼈대만이라도 남은 걸 다행이라 생각하면서도 속이 쓰라립니다. 이나마도 사람들이 애를 쓴 덕분이지요. 감나무도 좀 그을린 정도입니다. 조막만 한 푸른 감들이 용케 매달려 있는 게 신기할 따름이에요.

큰 걱정은 안에서 질식한 남자예요. 그게 누구라도 가슴을 쓸어내릴 일이고 얼마나 다쳤는지 들여다봐야 합니다. 명색이 터줏대감인데 뒷짐 지고 물러나서는 안 되지요. 그렇지만 병원이 가까워질수록 가슴이 답답해집니다. 혹시라도 그가 명길이면 어쩌나 싶어서.

"버드내 길 50-7번지, 화재 현장에서 실려 온 사람……."

더듬거리는 영감의 말을 다 듣지 않고도 안내센터 직원은 응급실을 가리켰어요.

영감은 응급실로 가다가 멈칫했어요. 복도에 서성거리던 소년과 눈이 마주쳤기 때문이에요. 모자를 눌러 쓰고 있었지만 영감은 두려움과 슬픔에 젖은 소년의 눈을 보았습니다. 분명히 모르는 애인데 그 얼굴이 영 낯설지가 않아요. 이 애를 도대체 언제 어디서 봤을까 싶어 고개를 갸웃하는 순간 소년이 영감을 지나쳐 달아나버렸습니다. 영감은 자기도 모르게 숨을 훅 들이마셨어요. 불 냄새. 섬뜩한 기분이 들었습니다.

응급실 문 앞에는 태오와 친구들이 서성거리고 있었어요. 아무나 들어가는 곳이 아니었던 거예요. 그건 영감도 마찬가지였습니다. 상황이 몹시 궁금해서 응급실로 들어가는 의사를 붙잡았더니 엉뚱한 소리만 했습니다.

"가족이십니까?"

영감이 애매하게 고개를 젓다가 다시 끄덕이자 의사가 환자는 아직 의식불명이라고 말해주었어요. 그리고 수술하게 될 경우 수술 동의서에 서명을 해야 된다고 덧붙였지요. 그건 좀 부담스러운 소리였어요.

본의 아니게 가족이라고 해버렸으나 영감은 솔직히 찜찜했어요. 생명이 달린 일이잖아요. 할머니가 있었다면 분명히 또 쓸데없이 나섰다고 잔소리했겠지만 영감은 신음처럼 중얼거렸어요.

"아들 친구면, 아들이지……."

태오가 걱정스레 물었어요.

"할아버지. 저 아저씨가, 아들 친구…… 맞아요?"

영감은 태오와 소년들을 물끄러미 보았어요. 감나무 집 남자와 이 애들이 무슨 상관인지 모르겠습니다. 이 애들이 사소한 문제를 번번이 일으키는 문제아들인 줄 영감도 잘 알고 있었지요. 그런 애들이 여기로 달려오다니. 이들의 불장난으로 의심하는 사람도 있는데 잘못 짚은 모양입니다.

의심스러운 자가 있다면, 아까 그 소년. 영감은 황급히 뛰어나간 그 애가 아무래도 수상쩍었어요. 틀림없이 불 냄새를 풍겼지요. 그러나 그 애가 방화범이라면 왜 여기 왔을까요. 도망치기도 바쁠 텐데.

"아들 친구면, 저 아저씨 잘 아시겠네요?"

"글쎄다. 저 사람이 이명길이라면."

"그럼 맞네요. 이명길. 아저씨 신분증 본 적 있어요."

영감은 심장이 무겁게 내려앉는 걸 느꼈어요. 등뼈
가 우두둑 무너지는 것 같아 고개를 숙이며 영감은 태
오의 손을 꾹 쥐었습니다. 뒤에 선 소년들은 그저 묵묵
히 지켜보았어요. 뭔가 중요한 일이 있는 것 같은데 제
대로 알지 못해 소외감을 느끼며.

"너희는 여기 무슨 일로……?"

"아저씨가 걱정돼서요."

태오의 목소리가 떨렸어요.

"태오가 아저씨랑 친해요."

"학교 끝나면 곧바로 가서 도왔거든요."

"네. 이래 봬도 얘가 일 좀 해요."

소년들이 입을 모아 말했어요. 그런 애의 친구라는
게 대단한 일이라도 되는 양 눈을 반짝이며. 이렇게 보
니 문제아들도 별수 없는 어린애들일 뿐입니다. 이런

눈빛을 가진 애들이 망나니처럼 굴 때는 아마도 그만한 이유가 있겠지요.

"그러냐."

영감은 태오를 보았어요. 가게 앞으로 지나다니는 걸 보았고 동네 아이라는 것도 압니다. 별 관심이 없었을 뿐. 사실은 불량한 애 같아서 거들떠보지 않았어요. 요즘 문제아들은 눈 마주치기도 불편하니까. 그런 애가 명길이를 돕다니. 명길이가 이런 애와 뭘 했다는 것도 그렇고. 어렸을 때를 미루어보나 감나무 집을 드나드는 동네 사람들이 구시렁대는 걸 보나 만만치가 않은 사람인데.

"너는 태오. 너는 이름이 뭐냐?"

영감이 묻자 민규가 당황했어요. 태오 이야기를 꺼낼 때와 다르게 얼굴이 빨개지기까지 했어요.

"미, 민규요. 최민규."

영감은 다른 소년을 보았어요. 그 역시 겸연쩍어하며 말했어요. 김훈이라고. 다른 소년은 알아서 제 이름을 알려주었어요. 김수호입니다라고. 하나같이 수줍어

하는 기색이에요. 싹수가 노란 애들인 줄 알았는데 이런 구석이 있다니. 아무리 봐도 덩치만 큰 어린애들이에요. 뭘 얼마나 안다고 함부로 판단했는지. 늙으면 지혜로워져야 하는데 고집과 편견만 느는 것 같아서 영감은 한숨을 속으로 삼켰어요.

"그렇구나. 나는 떡집 주인이다."

"그거 모르는 사람 없어요."

훈이라는 애가 대답했어요.

영감은 소년들을 하나하나 보고 응급실을 다시 보았어요. 아직 의식도 없는 사감 할매의 아들. 동네 어른 누구와도 말을 트지 않았던 사람. 영감 자신도 그를 제대로 본 적이 없습니다. 그런 그가 이 문제아들에게 뭘 했는지 모르겠어요.

"야. 아까 그 녀석, 수상하지 않아?"

민규의 말에 소년들이 눈빛을 주고받았어요.

"맞아! 그 녀석, 뭔가 저지를 줄 알았어!"

"우리가 찾아내자!"

말릴 새도 없이 소년들이 복도를 후다닥 뛰어나갔

어요.

소년들의 짐작이 맞았어요. 모자를 눌러쓴 소년이 방화범으로 붙잡혔습니다.

소년들은 눈에 불을 켜고 사방을 뒤지면서 정작 감나무 집은 빠뜨렸어요. 설마 범인이 거기에 있을 거라고는 생각도 못 했거든요.

소년은 경찰에게 잡혔어요. 어이없게도 손짓 한 번으로. 출입금지 줄을 넘어가서 뭐라도 찾는 양 잿더미를 뒤지기에 경찰이 손짓으로 불렀답니다. 누가 들어갔더라도 그러는 게 당연하니까요.

"거기서 당장 나와."

소년은 잠자코 경찰에게 다가와 자기가 불을 질렀다고 순순히 불었대요. 마치 그런 순간이 오기를 기다리기라도 한 듯. 의외로 사건이 순조롭게 정리되는 것 같았어요. 그러나 소년은 경찰서에 와서는 질식한 사람이 어떤 상태인지부터 물었고, 의식불명이라는 말을 듣더니 갑자기 울음을 터뜨렸다고 합니다. 소리소리 지르며.

"멍청하게 왜 가만있어! 빨리 나왔어야지!"

페허에서 1

아무튼 이 동네는 참 이상해.
인부들이 웃었어요.

폐허에서
2

웃으며 뚝딱 뚝딱.

인사 나누며 툭툭 탁탁.

궁금하던 걸 서로 물으며 툭탁 툭탁.

여름부터 가을까지 감나무 집은 폐허로 방치되었습니다.

태오는 놀이터에 와서 물끄러미 바라볼 뿐이었고 가끔 여자애가 찾아왔지요. 둘은 한 번도 이야기를 나눈 적 없지만 누구인지는 알고 있었어요. 사람들은 여자애가 오도카니 서 있다가 눈물 훔치며 가는 걸 보았다고 말하곤 했습니다.

"집이 없어질까 봐 불안한 모양이야."

"혹시 중요한 걸 남겨뒀었나?"

뭘 물어도 대답이 없으니 사람들은 그저 안쓰러울

페허에서 2

따름이었지요. 혹시 감나무 집 주인과 무슨 사연이 있는 애인지도 모른다고 쑥덕댄 사람들도 있었지만 알 수 없는 일이었어요.

폐허가 된 집에서도 감은 영글어갔고 몹시 안쓰러운 모양이었으나 그 어느 때보다 동네 사람들의 시선을 끌었어요. 한쪽이 그을린 채로도 수문장처럼 굳건한 것이 꼭 무슨 깃발 같다고나 할까.

추위가 닥쳐올 때쯤 감나무 집에 인부들이 왔어요. 인부들은 민첩하게 움직였고 집은 하루가 다르게 모양을 갖춰나갔습니다. 벽이 세워지고 구멍 난 지붕이 메워지고 문짝이 달리고 내부 공사가 시작되고.

드륵 드륵.

뚝딱 뚝딱.

툭툭 탁탁.

기계 소리 망치질 소리가 동네에 울려 퍼졌습니다. 인부들은 숙소까지 잡아두고 이른 아침부터 저녁 늦게까지 공사에 매달렸어요. 덕분에 집은 하루가 다르게 꼴을 갖춰나갔지요. 사람들은 그저 잠자코 지켜보았어요. 섣부르게 혀를 놀리지 않기로 약속이라도 한 듯. 머지않아 집주인이 돌아오려나 보다 짐작하며.

웬일로 목욕탕 집 여사장이 떡집을 찾아와 지나가는 말처럼 운을 떼기는 했어요.

"일 서두르는 걸 보니 집주인 상태가 어지간해진 모양이네요."

"글쎄요. 아무도 안 만나려고 해서. 의사가 많이 호전됐다고는 허던데."

"그 철없는 망나니가 사람 잡을 뻔했죠. 어쨌든 동네 숯덩이가 때를 벗는 것 같아 속이 다 후련해요."

여사장이 호탕하게 웃으며 주섬주섬 떡을 집었어요. 그것도 한 소쿠리씩이나. 목욕탕 카운터에서 돈이나 셀 줄 알았던 여자가 감나무 집에 관심을 보인 건 뜻밖이었어요. 떡을 산 이유는 더더구나.

"일꾼들 말이, 요 때가 제일 허기진다네요. 하필 그 중에 아는 사람이 있더라고요. 이거 뭐 얼마나 된다고…… 나도 배고픔이 뭔지 아는데."

두 노인은 얼굴을 마주 보다 목욕탕 여사장을 따라

나갔어요. 그사이 여사장은 예닐곱 걸음이나 멀어져 있었습니다. 정말로 감나무 집으로 가고 있어요. 날듯이 가는 걸음이 아주 기분이 좋아 보입니다.

영감은 일을 하면서도 영 신경이 쓰여 나와보곤 했어요. 여사장은 뿌듯한 얼굴로 걸어오다 중국집 사장을 만났고 둘은 언제 그렇게 친했나 싶게 이야기를 주고받았어요. 모처럼 선심을 베풀었으니 누구에게든 말하고 싶었겠지요. 그래도 될 만한 일이기도 하고요. 그걸 짐작하는 영감 마음이 요상하게 꼬였지만.

"그 망나니 녀석……."

새삼스레 불 지른 녀석이 떠올랐어요. 녀석이 어떤 벌을 받게 됐는지 영감은 자세히 알지 못합니다. 명길의 탄원서에도 불구하고 방화에 대한 벌을 면하기 어려울 거라는 소문은 들었지요.

그런 녀석에게 탄원서라니. 나이를 먹더니 명길이도 많이 달려졌나 봅니다. 일꾼을 써서라도 집을 다시 세우려는 게 그 증거지요. 그렇게 오래 자식 노릇을 못하더니만. 어디서 뭘 하느라 이제 돌아왔는지 몰라도 남의 손 빌리지 않고 혼자 애쓰던 걸 생각하면 사감 할 매를 빼닮은 아들이에요. 머지않아 퇴원할 거라면 곧 닥쳐올 추위가 걱정스럽기는 했겠지요.

"허헛 참! 나이를 어디로 먹고⋯⋯."

고작 이따위 생각으로 속이 꼬이는 게 영감은 몹시 언짢았습니다. 마음을 다스리려고 무던히도 애를 썼건 만 불쾌한 심정은 나아지지 않았어요. 마땅히 자기 몫 이어야 할 것을 남에게 뺏긴 것 같은 심정이라니. 누가 인정해주든 말든 여기 터줏대감이고 싶은 영감입니다.

밤에는 잠도 오지 않았고 일손도 잡히지 않아 영감 은 감나무 집으로 갔어요. 인부들이 막 자장면을 먹고 일어나는 중이었어요. 영감보다 먼저 중국집에서 선심 을 쓴 자장면이 왔던 거예요. 목욕탕 여사장 때문에 생 긴 일입니다.

"이 집이 특별한 모양이네. 동네 사람들이 이러는 걸 보면."

고개를 갸웃하면서도 인부들 얼굴에는 웃음이 번졌 어요.

"흐음……."

영감은 뒷짐을 지고 집을 휘이 둘러보았어요. 늙은 체면이나마 지키려면 점잖기라도 해야 합니다. 이제 와서 먹을 것으로 젠체하기도 우습고 모르는 척 가만 있자니 부끄러운 기분이 드는 걸 어쩔 수가 없어요.

집은 한결 번듯해졌고 전기시설도 다 끝난 것 같아요. 여럿이 착착 만들어내는 변화를 구경하느라 사람들은 늘 걸음을 멈추곤 했지요. 그중에는 태오도 있었습니다. 사실 태오는 하루도 거르지 않고 와서 집이 달라지는 걸 지켜보았어요. 마음이 자꾸 당기는 걸 어쩔 수가 없었거든요. 인부가 담장 기둥을 세울 때는 기어이 나서고 말았습니다.

"저도 좀 하면 안 될까요?"

인부가 태오를 힐끗 보았어요.

"사실은, 저번에 아저씨하고 같이 일했거든요. 여기 집주인 아저씨요. 아저씨는 나무 담장을 낮게 칠 생각이셨어요."

"너처럼 어린애가 무슨. 이건 어른들 일이야."

"우린 이런 봉사활동 해도 되는데요……."

"이게 봉사활동이냐?"

태오는 머리를 긁적이며 뒤를 보았어요. 놀이터에 있던 친구들이 다가옵니다. 친구라기에는 아직 뭐하지만 그나마 관계가 나아진 이유를 태오는 잘 알고 있습니다. 그게 아니라도 태오는 여기에서 뭔가 하고 싶어요. 뭐라도 하나쯤은 아저씨를 위해서.

"아서라. 동티날라."

태오는 실망했으나 물러나지 않았어요. 영감은 인부가 손사래 치는 게 당연하다는 걸 알면서도 태오가 안쓰러웠어요. 그래서 되도록 공손하게 나섰습니다.

"하게 해주시지요."

모두의 시선이 영감에게 쏠렸어요. 영감은 좀 당황했어요. 그러나 기왕에 나와버린 말이에요.

"톱질이나 망치질 정도일 텐데. 한창때 애들한테야 좋은 경험이고."

태오를 보면서 영감은 자기도 모르게 고개를 끄덕였어요. 빙긋 웃음이 도는 얼굴을 보니 영감 기분도 좋아

집니다.

"담장 세우는 걸 맡기면 어떠시오? 그럼 나라도 거들지. 너희들은 어떠냐? 원래 담장이라는 게 절반은 공동의 것이잖아. 동네 일 돕는 셈이지. 암! 동네 일이고말고!"

소년들이 피식 웃었어요. 어디까지나 동조하는 반응이었지요. 일이 돼가는 분위기였으나 사실 영감은 속이 좀 불편했어요. 어쩌다가 주워 담을 수도 없게 너스레를 떨었나 싶었지요. 마개 빠진 채 엎어진 물병처럼 굴다니. 목욕탕 여사장의 뒷북을 치는 것처럼 보이더라도 그냥 떡국이나 끓여올걸. 그러나 되돌리기에는 늦었습니다.

"그것 참! 아무튼 이 동네는 참 이상해."

인부들이 웃었어요.

태오가 할아버지 곁으로 오더니 손을 툭 건드렸어요. 그리고 슬쩍 엄지를 보였다 감추었어요. 어린 게 어디다 대고 돼먹지 못한 짓인가 싶어 영감은 눈을 부라렸어요. 그러나 태오의 눈웃음을 보니 씨도 안 먹힐

노릇이었어요.

영감의 말은 영향력이 있었습니다. 주변에서 빙빙 돌던 소년들은 물론 꽃집 사장이며 교회 목사까지 담장 세우기에 참여했으니까요. 담장은 모퉁이 길을 이용하는 사람들 모두의 것이라도 된 것 같았어요.

웃으며 뚝딱 뚝딱.

인사 나누며 툭툭 탁탁.

궁금하넌 걸 서로 물으며 툭탁 툭탁.

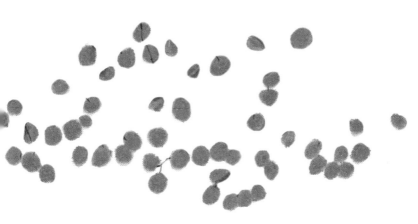

여 기
있 어 요

먼 길 떠날 것처럼 가방을 멘 모습. 처음 여기로
왔을 때 바로 그 모습.

가지 마요.
집 놔두고 어딜 가려고.

주인 없이도 담장이 세워지고 집이 완성돼갔어요.

어느 날, 병원에 있던 명길이 돌아왔습니다.

목덜미에 화상 흔적이 역력하게 남은 명길은 사람들 앞에서 고개를 들지 못했어요. 한참 뒤에 그가 간신히 한마디 했어요.

"미안합니다."

그 말은 몇 사람만 알아들었습니다. 늘 그랬던 것처럼 사람들은 웃으며 즐겁게 일했어요. 심각한 일 같은 건 빨리 털어버려야 한다는 듯.

영감에게 이 동네는 그리 만만한 삶터가 아니었습니

다. 더 좋은 곳으로 갈 수 있었다면 오래전에 떠났을지도 모르지요. 다르게 사는 방법을 몰랐고, 자식들 키우느라 아등바등하다 보니 여기 붙박이가 됐습니다. 그동안 다른 집 사정 같은 건 굳이 알려고 들지도 않았어요. 웬만한 건 소문으로 다 들리고 그게 사실이든 아니든 중요하지 않았으니까요. 그런데 요 며칠 동안은 영감에게 아주 특별했어요. 같은 자리에서 아주 다른 세상을 경험하는 듯한 이 기분. 그저 놀라울 뿐 이유가 무엇인지 꼭 집을 수가 없어요.

담장에 나지막한 대문이 달리던 날.

영감은 다시 칠보 보석함을 꺼냈어요. 그리고 명길을 찾아갔습니다.

"이걸 돌려주고 싶었네. 자네 어머니 물건인데, 기억하나?"

명길은 보석함을 물끄러미 보다가 떨리는 손으로 받았어요. 그리고 담장 곁에 주저앉았습니다. 푹 떨어지는 얼굴. 차마 할 수 없는 이야기가 얼마나 많은지 영감은 알 것 같았어요. 어쩌면 보석함을 텅 비게 만든

장본인일지도 모르지요. 아니 땐 굴뚝에 연기가 났으려고요. 어쨌거나 지금은 때가 아니에요. 그래서 엄동설한의 떡국 사연도 섣부르게 꺼내지 않았어요. 그러나 언젠가는 꼭 해줘야 할 이야기입니다.

"고맙습니다. 아저씨."

명길이 처음으로 영감이 누구인지 알고 한 말이었습니다. 영감은 그저 명길의 등을 툭툭 쳐주었어요. 벌겋게 드러난 화상 자국이 아직도 너무나 아파 보입니다. 자기도 모르게 상처에 손이 가는 것을 깨닫고 영감은 흠칫 놀랐어요. 자식들 말고는 이렇게 애틋한 감정이 생긴 적이 없어요.

"혹시 괜찮으면, 집으로 밥 먹으러 오시게."

명길은 고개를 숙인 채 잠자코 있었어요. 좀 성급했다 싶어서 영감은 물러섰어요. 그리고 집으로 오는데 눈에 거슬리는 소년이 지나가는 거예요. 영감은 놀라서 걸음을 멈추었어요. 감나무 집에 불을 지른 소년. 그가 망설임도 없이 감나무 집으로 가고 있습니다.

영감은 불안해서 먼발치에서 소년을 따라갔어요. 소

년은 감나무 집 앞에서 멈추었고, 멈춘 자리에서 움직이지 않았어요. 사람들이 힐끔힐끔 쳐다봐도 주저앉았던 명길이 똑바로 쳐다봐도 그대로 있었습니다. 되레 명길이 고개를 돌리고 하던 일을 계속했지요. 보다 못한 영감이 나섰어요.

"행여 또 그런 짓 하면 안 된다. 아직 어린데, 네 앞날도 생각해야지."

영감의 충고를 들었는지 못 들었는지 소년은 붙박인 듯 꼼짝도 하지 않았어요. 소년은 그저 명길을 보고 있었습니다. 꼭 다문 입에 금방이라도 터져버릴 것만 같은 눈빛. 문득 영감은 소년과 명길이 꽤 닮았다고 느꼈어요. 몇 번을 보고 또 보고. 볼수록 그 느낌이 정확해지는 것 같아 영감은 고개를 갸웃하며 돌아섰습니다.

"허어, 이게……."

사감 할매가 키우던 사내아이가 있었습니다. 어느 날 며느리와 함께 감나무 집으로 온 손자. 남편도 없이 살던 며느리가 소리 소문도 없이 떠나고, 손자는 아마 열두어 살까지 할매와 살았지요. 그 뒤로는 어쩐

여기 있어요

일인지 보이지 않았어요. 며느리가 외국으로 데려갔다는 말이 좀 돌았지만 믿는 사람은 많지 않았어요. 제 아버지처럼 문제를 일으키던 녀석이었거든요. 문제가 생기면 동네 사람들은 혀를 차면서도 아이를 가엾어했지요. 저런 집에서 어린 것이 온전하면 그게 더 이상하다고.

이튿날. 영감은 눈을 뜨자마자 감나무 집으로 달려갔습니다. 그런데 뜻밖에도 대문 앞에 여자애가 서 있었어요. 학교 가기 전에 들른 것 같았어요.

언제 달았는지 대문에는 문패가 달려 있었습니다.

이재성.

"재성……."

그래요. 그 손자 이름이 재성이였지요. 몇 년을 여기 살았던 아이인데 어쩌면 그렇게 까마득히 잊을 수 있었는지. 도시가 되면서 뭇사람이 들고 나는 동네가 됐다고 해도 평생을 살아온 터줏대감이 아닌가.

여자애도 그것을 보고 있었습니다. 여전히 슬픈 얼굴로.

영감이 온 것을 알고 여자애가 또 피하려고 했어요.

"아가. 도망가지 마라. 왜 여길 오는지 알고 싶어서 그래. 뭘 잃어버렸니?"

여자애가 고개를 숙이며 저었어요. 그러더니 가방에서 뭔가를 꺼냈어요. 몇 번 접어서 손때가 묻은 종이입니다. 영감이 여자애 손에서 종이를 살그머니 뺐어요. 여자애는 조금 긴장한 채로 영감이 종이 펴는 걸 지켜보았어요.

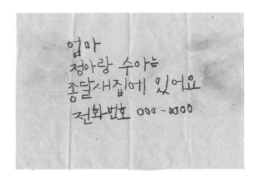

영감은 비로소 알았습니다. 여자애가 왜 자꾸 오는지. 저와 동생이 어디 있는지 알려줄 곳이 여기뿐이었

여기 있어요

겠지요. 엄마와 헤어진 곳이 바로 여기라서.

"이거, 여기 벽에다 붙여주면 안 돼요?"

여자애가 기어드는 소리로 물었어요. 영감은 아무 말도 못 했습니다. 뭔가 해줄 것처럼 나섰건만 도무지 뭘 어떻게 해야 할지.

"내가 주인아저씨한테 물어보마."

여자애가 꾸벅 인사를 하더니 총총히 걸어갔어요. 가다가 한 번 돌아보더니 손을 흔듭니다. 분명히 저 애 는 또 올 거예요. 문패 옆에 나란히 걸어두어야 할 것 만 같은 쪽지. 이걸 명길에게 어떻게 말해야 할지 걱정 하며 영감은 대문을 조용히 열고 들어갔어요.

별안간 뭘 집어던지는 소리가 났습니다. 영감은 깜 짝 놀라 다가갔어요. 무슨 일이 또 생기는 건 막아야 하니까요. 잠시 뒤, 명길의 낮은 소리가 들려왔어요.

"나는 자격이 없다. 너 출소하기 전에 끝내고 갈 생 각이었는데……"

"이럴 거면, 접견 신청 같은 건 왜 했는데! 제기 랄…… 그것도 꼭 생일마다. 거기 처음 들어갔을 때 나

몇 살이었는 줄이나 알아? 겨우 열네 살!"

소년이 목이 터져라 비명을 질렀습니다.

"이까짓 집이면 다예요? 식구도 없는 집이 무슨 집이야!"

소년이 또 악을 썼어요. 또다시 우당탕.

문이 벌컥 열리고 명길이 나왔어요. 영감은 명길이를 뚫어져라 보았어요. 금이 간 유리처럼 깊은 주름으로 일그러진 명길을 보며 영감은 입술을 깨물었습니다. 먼 길 떠날 것처럼 가방을 멘 모습. 처음 여기로 왔을 때 바로 그 모습이에요.

곧이어 소년, 아니 재성이가 따라 나왔어요. 재성이는 영감을 보고도 개의치 않았어요. 오로지 아버지만 볼 뿐.

"가지 마요."

마치 명령처럼 재성이가 말했어요. 꽤 오래 침묵이 흘렀습니다. 바람 한 줄기가 감나무 잎사귀를 불안하게 흔들고 지나갔어요.

"여기 있어요, 나랑. 집에는 아버지가 있어야 되잖아."

여기 있어요

그건 부탁이었습니다. 아직 덜 자란 아들의 떨리는 목소리.

명길이 허물어지듯 주저앉았습니다. 영감은 자기도 모르게 명길을 받아 안았어요. 그 몸은 뜨거운 덩어리였어요. 가슴에 쌓아둔 게 너무 많아서, 풀리지 못한 응어리가 요동을 쳐서 그렇다는 걸 영감은 알 것 같았습니다. 폭탄 같은 이 덩어리를 어떻게 해야 할지 모르겠지만 영감은 명길을 놓지 않았어요. 그저 토닥토닥 등을 두드려줄 뿐.

"이 사람아. 집 놔두고 어딜 가려고."

명길이 몸에서 힘이 빠지는 걸 느끼며 영감은 비로소 고개를 들었어요. 언제 물들었는지 감이 붉어져 있었습니다.

여기 있어요

기다리는 집

초판 1쇄 인쇄일 2021년 11월 1일
초판 1쇄 발행일 2021년 11월 15일

지은이 황선미
그린이 전지나

발행인 박헌용, 윤호권
편집 박은경 **디자인** 김덕오
발행처 ㈜시공사 **주소** 서울시 성동구 상원1길 22, 6-8층(우편번호 04779)
대표전화 02-3486-6877 **팩스(주문)** 02-585-1755
홈페이지 www.sigongsa.com / www.sigongjunior.com

글 ⓒ 황선미, 2021 | 그림 ⓒ 전지나, 2021

ISBN 979-11-6579-734-8 43810

*시공사는 시공간을 넘는 무한한 콘텐츠 세상을 만듭니다.
*시공사는 더 나은 내일을 함께 만들 여러분의 소중한 의견을 기다립니다.
*잘못 만들어진 책은 구입하신 곳에서 바꾸어 드립니다.